HAYDİ ÇİÇİKO HAYDİ!

Geraldine McCaughrean İngiltere'de, Enfiel'da doğdu. Zamanını sadece yazmaya ayırmadan önce on yıl kadar Londra'da bir yayınevinde çalıştı. 150'den fazla kitap, 50 kısa oyun ve bir radyo oyunu yazdı. Carnegie Madalyası, Whitbread Ödülü ve Guardian Çocuk Kitabı Ödülü'nü kazandı.

Begüm Kovulmaz İstanbul Üniversitesi'nde İngiliz Dili ve Edebiyatı eğitimi aldı, Bilgi Üniversitesi Sinema-TV Yüksek Lisans Bölümü'nü bitirdi. 2000 yılından beri farklı yayınevlerinde editörlük ve çevirmenlik yapıyor. Rudyard Kipling, Angela Carter, Susan Sontag, V. S. Naipaul, Salman Rushdie gibi yazarları çevirdi.

Tom Percival İngiltere'de, South Shropshire'da doğdu. Çocukluğu elektriksiz bir karavanda geçti. Çocuk kitapları resimleyen Tom Percival'ın kendi yazdığı çocuk kitapları da vardır.

D1138627

Geraldine McCaughrean

HAYDİ ÇİÇİKO HAYDİ!

Resimleyen
Tom Percival

Çeviren
Begüm Kovulmaz

YAPI KREDİ YAYINLARI

Yapı Kredi Yayınları - 5022
Doğan Kardeş - 847

Haydi Çiçiko Haydi! / Geraldine McCaughrean
Özgün adı: Go! Go! Chichico!
Çeviren: Begüm Kovulmaz

Kitap editörü: Darmin Hadzibegoviç
Düzelti: Nadide Altuğ

Grafik uygulama: Süreyya Erdoğan

Baskı: Mega Basım Yayın San. ve Tic. A.Ş.
Cihangir Mah. Güvercin Cad. No: 3/1 Baha İş Merkezi
A Blok Kat: 2   34310 Haramidere / İstanbul
Telefon: (0 212) 412 17 00
Sertifika No: 12026

Çeviriye temel alınan baskı: Barrington Stoke, Edinburgh, 2013
1. baskı: İstanbul, Ocak 2018
ISBN 978-975-08-4149-1

Yapı Kredi Kültür Sanat Yayıncılık Ticaret ve Sanayi A.Ş.
İstiklal Caddesi No: 161 Beyoğlu 34433 İstanbul
Telefon: (0 212) 252 47 00 (pbx) Faks: (0 212) 293 07 23
http://www.ykykultur.com.tr
e-posta: ykykultur@ykykultur.com.tr
İnternet satış adresi: http://alisveris.yapikredi.com.tr

Yapı Kredi Kültür Sanat Yayıncılık
PEN International Publishers Circle üyesidir.

Enzo'ya...

1. Bölüm

O sabah sahile ilk gelen Çiçiko
olmuştu. Etrafta, suyun kenarındaki
çöpleri eşeleyen birkaç martıdan başka
kimse yoktu. Güneş hâlâ o kadar
alçaktaydı ki, denizin üstünde yüzen
kocaman bir futbol topuna benziyordu.
Çiçiko yüzerek onun yanına gidip
futbol topunu kıyıya getirmek istiyordu
– o zaman diğerlerini beklemesine
gerek kalmazdı.

Çiçiko her zaman sahile ilk gelendi, ama Anna'yla Davi futbol topuyla birlikte gelmeden oynamaya başlayamazdı.

Tişörtlerini kumlara koyarak kale direklerinin yerini belirlerlerdi. Anna'yla Davi, Çiçiko'ya karşı oynarlardı çünkü o çok iyi bir oyuncuydu. Sabah saatleri ilerledikçe başka çocuklar da onlara katılırdı.

Bazen sahildeki büyük otellerde kalan zengin çocuklar da oyuna katılmak isterdi. Anna onların görünüşünü beğenirse, süslü spor ayakkabılarını işaret eder ve şöyle derdi:

"Ayakkabılarınızı çıkarın! Ayakkabı yok! Burada kimse ayakkabı giymiyor!"

Böylece çocuklar çıplak ayaklarıyla oyuna katılırlardı ve Çiçiko ayağında topla onları peşinden koştururken arkadaşları tezahürat yapardı:

"Haydi Çiçiko haydi!"

Gerçekte, çocukların hiçbirinin spor ayakkabısı yoktu. Ama ne fark ederdi ki? Kumlar yumuşaktı.

O sabah, iki adam otel penceresinden sahildeki futbol maçını izliyordu.

"Bak, hepsini nasıl çalımlıyor! Her seferinde! Ne kadar hızlı, görüyor musun?" dedi adamlardan biri.

"Topa nasıl hâkim, gördün mü?" dedi diğeri. "Gidip onunla konuşayım mı?"

"Evet, git konuş" dedi ilk adam. "Hayır cevabını kabul etme sakın."

2. Bölüm

Çiçiko, takım elbiseli bir adamın
otel merdivenlerinden ona el ettiğini
gördü. Bakmamaya çalıştı. Adam
bir yabancıydı ve yabancılar genelde
ayakkabısız çocuklara iyi şeyler
söylemezdi. Geçen hafta futbol
oynarken otelin camlarından birini
yanlışlıkla kırmışlardı. Adam otelin
müdürü olmalıydı. Herhalde başka bir
yerde top oynamalarını söyleyecekti.
Adam onu çağırmaya devam ediyordu.

Sonunda Çiçiko ne söyleyeceğini öğrenmek için onun yanına gitti.

"Santos'u duydun mu hiç?" diye sordu takım elbiseli adam.

"Santos da kim?" dedi Çiçiko. "Santos diye bir amcam vardı ama..."

Adam başını iki yana salladı.
"Futbol takımı, evlat. Santos, Brezilya."

"Onları duymamış olabilir miyim hiç?" dedi Çiçiko. "Evrenin en iyi futbol takımıdır."

"Santos'un yetenek avcısı seni izliyordu" dedi adam. "Neden cuma günkü denemelere gelmiyorsun?

Seni gerçek bir futbolcuya
dönüştürebiliriz. Adın nedir?"

Çiçiko bir an kendi adını
hatırlayamadı. Adını, nasıl nefes
alacağını, konuşmayı bile unutmuştu.

"Çi... çi... çi..." diyebildi sadece.

"Tamam o zaman, Çi Çi" dedi adam. "Cuma günü tesislere gel. Kramponunu getirmeyi de unutma."

3. Bölüm

Çiçiko otelin merdivenlerine oturdu. Merdivenler ayaklarının altında deniz gibi dalgalanıyordu sanki. Anna ile Davi koşarak yanına geldiler.

"Futbol oynayacak mıyız?" dedi Davi.

"Rüyada olmadığımı söyleyin bana" dedi Çiçiko. "Hayal görmediğimi söyleyin."

"Sanmıyorum" dedi Davi, sonra kendini çimdikledi.

"Santos seçmelerine çağrıldım" dedi Çiçiko. "Bu cuma."

Davi kendini yeniden çimdikledi.
"Herhalde gerçekten rüya görüyorsun!"
dedi şakayla. "Bence cumartesiye kadar
uyanma da rüya bitmesin!"

"Tek bir sorun var" dedi Çiçiko.
"Krampon lazım. Krampon getirmemi
istediler."

Davi, sanki bu sorun değilmiş
gibi elini havada şöyle bir salladı.
"Merak etme sen!" dedi. "Sana bir çift
krampon alırım. Ünlü bir futbol yıldızı
olduğunda geri ödersin."

"Harikasın Davi" dedi Çiçiko, sonra olanları anlatmak için annesinin yanına koştu. Çıplak ayakları kumları altın tozları gibi havalandırıyordu.

Anna, Davi'ye doğru döndü. "Kramponu nereden bulacaksın peki?" diye sordu. "Ne kadar pahalı olduklarından haberin var mı senin?"

"Bir şeyler düşünürüm" dedi Davi.
Kız kardeşinin o mutlu ânı bozmasını
istemiyordu. "Çiçiko seçmelere katılsın
yeter. Önemli olan bu."

4. Bölüm

Cuma günü Anna, Çiçiko'yla birlikte tepedeki büyük stadyuma gitti. Bu stadyum hepsinin hayatının parçasıydı – hepsi bir gün orada top oynamayı hayal ediyordu. Seçmeler için onlarca başka çocuk gelmişti, Çiçiko gibi onların da bacakları korkudan titriyordu.

Davi geç kalmıştı.

"Gelmeyecek, değil mi?" diye sordu Çiçiko, Anna'ya. "Kramponları bulamadı, değil mi? Bunu bana söyleyecek cesareti bulamadı."

Anna ağabeyine her zaman sadıktı. "Gelecektir" dedi. Haklıydı da – tam o sırada Davi çıkageldi.

"Kramponları buldun mu?" diye sordu Çiçiko. "Buldun, değil mi?"

"Şimdiden terlemeye başlama" dedi
Davi. Güldü ve arkasına gizlediği bir
çift parlak, siyah kramponu onlara
gösterdi. Kramponların yanlarında
baklava şeklinde sarı şekiller vardı,
bağcıkları bal rengiydi.

"Paranın alabileceği en iyi
kramponlar bunlar!" dedi Davi
gururla.

Çiçiko'nun ona teşekkür etmesine fırsat kalmadan bir adam geldi ve sırtına bir numara iğneledi.

Çiçiko, Davi'ye bir şeyler söylemek için ağzını açtı ama doğru sözcükleri bulamadı.

"Diğerleriyle birlikte sahaya geç!" diye bağırdı adam. Çiçiko kendisine söyleneni yaptı.

Anna kaşlarını çatarak Davi'ye doğru döndü. "Pekâlâ" dedi. "Konuş bakalım. Kramponları nereden aldın? Bir şey mi sattın? Annemizden para mı istedin?"

"Ödünç aldım onları" dedi Davi. "Soyunma odasındaki dolapların birinden aldım. Bu kramponlar kupa finallerini görmüş olmalı!"

Davi gururlu görünmeye çalışıyordu ama daha önce bir şey çalmamıştı ve Anna onun aslında ne kadar korktuğunu görebiliyordu.

"Bir şeyi ödünç almadan önce sahibine sorman gerekir" dedi.

"Odada kimse yoktu ki..."

"O zaman bir not yazsaydın."

Davi şaşırmıştı. "Yaptığımı itiraf etmemi mi söylüyorsun?"

Anna başını iki yana salladı. "Hayır – onları ödünç aldığını söyleyen bir not yazabilirdin. Kritik bir durum olduğunu söyleyebilirdin."

"Kritik sözcüğünü yazmayı bilmiyorum" dedi Davi. Yazmayı bilmediği başka sözcükleri düşünmek bile istemiyordu.

"Notu senin için ben yazarım" dedi
Anna. Ağabeyini neşelendirmek için
onun koluna girdi. "Üstüne adını
yazmamıza gerek yok. Notu soyunma
odasının kapısının altından atarız.
Durumu anlayacaklardır. Seçmelerden
sonra kramponları birlikte geri
götürürüz. Bir şeyi ödünç aldığın için
seni tutuklayamazlar. Bundan eminim.
Neredeyse yani."

Davi gülümsedi. "Bana kızacağını sanmıştım" dedi. "Annem olsa kızardı."

"Olanları anneme anlatmamıza gerek yok" dedi Anna. "Çiçiko'nun bu seçmelere katılmasını sağlayalım yeter. Gerisini sonra düşünürüz."

5. Bölüm

Kramponlarla oynamak tuhaftı. Çiçiko
koşmaya başladığı zaman ayaklarının
kurşun gibi ağır olduğunu fark etti.
Topu kaptı ama hafifçe vurmasına
rağmen top havaya fırladı, boş seyirci
koltuklarına doğru uçtu.

"Berbatsın" dedi bembeyaz
kramponlar giyen bir çocuk.
Çiçiko'nun bacağına bir tekme
savurdu.

Bacakları da yorulmuştu! Annesinin topuklu ayakkabılarını deneyen küçük bir kız gibi, çimlerde sarsılarak yürümeye çalışıyordu. Çok geçmeden iyice yavaşladı, oyuna yetişemiyordu.

Top hızla ona doğru geldi, Çiçiko topu
yakalamak için döndü. Kramponların
altındaki çiviler çimlere takıldı
ve Çiçiko yüz üstü düştü. Dizi çok
acımıştı.

"Seni buraya neden çağırmışlar ki"
diye alay etti kramponlu çocuk.

Bir düdük sesi duyuldu.

"Beş dakika mola" diye seslendi
antrenör. "36, 7 ve 20 numaralı
oyuncular evlerine gidebilir. Size
ihtiyacımız yok."

Çiçiko, sırtındaki numarayı kontrol
etmesine gerek olmadığını biliyordu
ama yine de dönüp baktı: 20.
Hayatının fırsatını kaçırmıştı.

Güneşin altında parlayan beyaz tribünlere baktı. Hayatı boyunca buraya yalnızca bir kez gelip Santos'un maçını izlemişti. Her dakikasını hatırlıyordu – bayraklar, davullar, ıslıklar, Santos gol attığı zaman sevinçle kükreyen taraftarlar. Şimdi stadyum onu almadan denize açılacak olan kocaman beyaz bir gemiye benziyordu.

6. Bölüm

Çiçiko'nun kramponlardan
kurtulması gerekiyordu. Herkes
seçmeleri izliyordu. Çiçiko'nun
kramponları saklamak için karanlık
binaya girmesi kolay oldu.

Kramponlara, üzgün olduğunu
söyledi. Aslında girdiği onca zahmet
için Davi'den özür diliyordu.

Kramponları metal bir dolabın
içine tıktı. "Ama ben kramponla
oynayamam ki" diye düşündü.
"Hayatımda hiç krampon giymedim
ki!"

Tam o sırada kapıdan bir ses geldi.
Sanki birisi kapıyı hafifçe tırmalıyordu.
Çiçiko dehşet içinde donup kaldı.
Birisi içeri giriyordu. Ona burada ne
yaptığını soracaklardı ve söylemesi
gerekecekti...

Ama kapıya gelen her kimse, içeri girmedi. Bir çift ayağın —belki de iki çift— koridorda hafif adımlarla uzaklaştığını duydu. Çiçiko beş dakika kadar bekledi, sonra çıplak ayaklarıyla aynı yöne koştu. Koridorun sonunda Anna ve Davi'yle karşılaştı. İkisinin morali Çiçiko'nunkinden de bozuk gibiydi.

Sonuçta, Çiçiko'nun karşısına çıkan büyük fırsatı nasıl harcadığını seyretmek zorunda kalmışlardı.

Anna nazikçe gülümsedi. "Sahada
ne oldu sana? Heyecanlandın mı?
Gergin miydin?"

Çiçiko gülümsedi. "Hayır!
Kramponlar yüzünden oldu!
Kramponlarla oynayamadım. Ama
şimdi iyiyim, onlardan kurtuldum.
Bir dahaki sefere çıplak ayakla
oynayacağım – o zaman seyredin siz
beni! Şimdi gitmem lazım!" Sekerek
uzaklaştı, çıplak ayaklarıyla koşarken
bir dağ keçisine benziyordu.

Davi endişeyle homurdandı. "Kramponlardan kurtulmuş" dedi. "Artık onları yerine koyamam. Üstelik onları aldığımı söyleyen bir not da yazdım! Hapse gireceğim, Anna! Hırsızlık yaptığım için hapse gireceğim. Çiçiko Santos için oynayabilse hiçbirine aldırmazdım, inan!"

Davi ellerini yüzüne götürüp hıçkıra
hıçkıra ağlamaya başladı.

Anna ellerini onun omuzlarına koydu.
"Merak etme" dedi. "Seninle birlikte
hapishaneye gelirim. Tabii kızları içeri
alıyorlarsa."

Dışarıda, sahanın kenarındaki antrenör de homurdanıyordu.

"Hayır" dedi kendi kendine. "Burada hiçbir şey yok. Yetenekli tek bir oyuncu yok."

"Affedersiniz efendim" dedi Çiçiko.

"Beni rahatsız etme çocuk" dedi adam. "20 numara değil misin sen? Evine dön.

İkinci bir şansın yok. İşimize
yaramazsın."

"Lütfen efendim" dedi Çiçiko. "Eve
gidemem."

"Haydi uza."

"Eve gidemem çünkü birisi
kramponlarımı çaldı. Onlar olmadan
eve gidersem babam beni döver.

Annem de çok üzülür. On beş tane
kardeşim var, onlara ne olacak?"

Antrenör gözlerini kırpıştırarak
onu dinliyordu. "Krampon mu?"
dedi. "Benim kramponlar hakkında
düşünecek zamanım yok şimdi.
Seçmelerin sonuna kadar bekle, polis
çağırırız."

"Tamam efendim, teşekkürler efendim" dedi Çiçiko. Gidip yedek kulübesine oturdu. Biraz sonra kalktı, "Belki beklerken biraz top oynayabilirim" dedi.

"Ne?" dedi adam. "Çıplak ayakla mı?"

"Neden olmasın?" dedi Çiçiko. Kimsenin durdurmasına fırsat kalmadan sahaya doğru koştu.

7. Bölüm

Çiçiko topu beyaz kramponlu
çocuktan kapıp yılan gibi kıvrılarak iki
oyuncuyu daha geçti. Sağ kanada pas
verdi, top yeniden kendisine dönünce
kalenin sağ üst köşesini hedefleyip
vurdu.

Yedek kulübesinde oturan antrenör
ayağa kalktı.

O andan sonra top yalnızca Çiçiko'nun ayağındaydı. Topu diğer oyuncuların bacaklarının arasından geçirdi, başlarının üstünden aşırdı, ayaklarının ucundan çaldı.
Her seferinde bir gol attı.

Antrenör, daha önce oturduğu sıranın üzerine çıkmış, dikkatle onu seyrediyordu.

Beyaz kramponlu çocuk Çiçiko'nun çıplak ayaklarına basmaya çalıştı ama hakem bunu görüp onu oyundan attı. Çocuk yedek kulübesine ulaşamadan Çiçiko bir gol daha atmıştı.

Antrenör durduğu yerde öyle hızlı zıpladı ki üzerinde durduğu sırayı kırdı.

"Bu çocuğu istiyorum!" diye haykırdı.
"Çıplak ayaklı çocuğu takımımda
istiyorum!"

"Artık hapishaneye mutlu girebilirim!"
dedi Davi. "Gidip onlara ne yaptığımı
anlatsam iyi olacak."

"Ben de seninle geliyorum" dedi her
zaman sadık olan Anna.

8. Bölüm

Santos takımının oyuncuları
soyunma odasında üstlerini
değişiyorlardı. Davi ile Anna onları
kapıdan izlediler, çok geçmeden
birinin hırsızlığı fark edeceğinden
emindiler. Davi'nin alnında boncuk
boncuk ter birikmişti. Anna bunu fark
etti, sevgili ağabeyinin hapse girmesinde

payı olacağını düşününce gözlerine
yaşlar doldu. Bir not yazmak! Bu
aptalca fikir nereden aklına gelmişti ki?

Sonra notu gördü. Orta saha
oyuncularından biri, kapının
altından attıkları notun üzerinde
çıplak ayaklarıyla duruyordu. Notu
henüz görmemişti. Kimse görmemişti
onu. Anna notu geri almayı
başarabilseydi...

"Burada ne arıyorsunuz?" diye sordu, kapının yanında dikilen Anna ile Davi'yi gören forvet.

"Üzgünüm... Şey... Biz... Yani..." diye kekeledi Davi.

"Tişörtlerimizi imzalar mısınız diye soracaktık" dedi Anna. Birkaç adım atıp odanın içine girdi.

"Soyunma odalarına girmek gibi bir alışkanlığın mı var küçük kız?" diye sordu forvet, aksi bir sesle. Anna'yı kapıdan dışarı çıkarırken ayağının altındaki not dikkatini çekti. "Bu da nedir?"

Odanın diğer yanından bir oyuncu gürültüyle haykırdı. Santos'un kalecisiydi bu, başını metal dolabına sokmuştu. "Hey, Enrico!" diye bağırdı. "Kramponların benim dolabımda ne arıyor?"

"Ne bileyim" dedi Enrico adlı oyuncu. Siyah kramponları kaleciden alıp ayağına geçirdi. Davi ile Anna ona bakıyorlardı.

Kramponlar siyahtı, kenarlarında baklava şeklinde sarı desenler vardı. Bağcıkları bal rengiydi. Demek ki Çiçiko kramponlardan bu şekilde kurtulmuştu!

Forvet yerden aldığı notu açıp okumak üzereyken, Anna notu onun elinden kaptı.

"Benim o!" diye haykırdı ve kapıya doğru atıldı, Davi'yi de peşinden sürükledi. Koridorda koşarken seslendi:

"Sadece bir hayran mektubuydu bayım!"

Dışarıda, güneşin altında Davi durup bir duvara yaslandı, nefes nefeseydi. Hem nefes almaya çalışıyor hem kıkırdıyordu.

"Bana bir iyilik yap, Anna" dedi.

"Ne istiyorsun Davi?"

"Çiçiko'ya bu olanları
anlatmayalım. Konsantrasyonu
bozulmasın."

"Sen de bana bir iyilik yap, Davi,"
dedi Anna.

"Ne istiyorsun?"

"Olanları anneme de anlatmayalım.
Asla!"

9. Bölüm

Gazeteler onu yazıyordu. Çiçiko, Santos'un as takımına giren en genç Brezilyalı oyuncuydu. Aynı zamanda Kupa Finali'nde çıplak ayakla oynayan ilk oyuncuydu!

Maç günü annesiyle babası, kardeşleri ve plajda birlikte futbol oynadığı bütün arkadaşları, Çiçiko'nun aldığı biletlerle maça geldiler. Tribünlerde

hep birlikte bayrak salladılar, ıslık çaldılar, tezahürat yaptılar. Hangi tezahüratı mı yaptılar? "Haydi Çiçiko haydi! Haydi! Haydi! Çiçiko!"

Anna, devre arasında Davi'ye, "Kocaman adamların arasında minicik görünüyor" dedi.

"Saçmalama" diye karşılık verdi Davi. "İyi futbolcu olmak için iriyarı ya da kaslı olmak gerekmez." Davi bunu sık sık söylerdi. Kendisi de ufak tefekti zaten.

Maçın ikinci yarısında Çiçiko sahada hep koştu. Çalım attı, pas verdi, topu kalenin önüne getirdi ve kendisinden iki kat büyük bir oyuncuyu geçti. Zorlu bir maçtı, kafa kafaya gidiyordu. Seyirciler nefeslerini tutmuştu – maçın sonu yaklaşırken hiç ses çıkarmıyorlardı; böyle bir şey ilk defa oluyordu.

O sırada Çiçiko, Santos takımından bir oyuncunun kendisine seslendiğini duydu. Top ayaklarındaydı, kale de karşısında. Düşünmeye zamanı yoktu. Topa içgüdüsel olarak vurdu.

Bütün seyirciler aynı anda ayağa fırlayıp tezahürata başladı. Statta kıyamet kopuyordu. Gökyüzü bile izleyicilerin gürültüsünden sallanıyor gibiydi.

"Gol! Gol! Çiçiko attı!"

Bilgin Adalı
Elif'in Olağanüstü Düşleri
Büyük Tuzlu Su Klanı
Buzul Çağı
Eşek Klanı

Ilgım Veryeri Alaca
Bir Kış Gecesi

Berat Alanyalı
Neşeli Orman'ın Bateristleri
Neşeli Orman'ın Yaz Konukları

Görkem K. Arsoy
Zuzu ile Kaplan Yongi
Sarıldığımız Gün

Selçuk Baran
Porselen Bebek

Elvan Uysal Bottoni
Yavru Gurme Rüya ile Deniz Büyülü Bostanda
Yavru Gurmeye Masallar
Küçük Gurme Dünya Mutfağı

A. Orçun Can
Yeryüzünden Gelen Adam
Gökyüzüne Düşen Kız

Dilek Maktal Canko
Pieter Bruegel'in Gizemli Dünyası
Kaplumbağalı Adam Osman Hamdi Bey

Devrim Çakır
Cici Pisi Tedi 1 - Yaşasın Arkadaşlarımız!
Cici Pisi Tedi 2 - Renkli Mutlu Uçurtma

İnan Çetin
Ludingirra ile Attika - Yenilik Aynası İmparatorluğu

Selçuk Demirel
Mumuk Fotoğraflarda
Mumuk Harfleri Öğreniyor
Mumuk Oyuncakçıda
Ayağına Diken Batan Süper Karga
Alfabe
Karga ile Tilki ve Cırcır Böceği ile Karınca

Naz Elkorek
Toko - Küçük Bir Kuşun
Büyük Gagasıyla Barışma Hikâyesi

Nursel Erdoğan
Ah Kuşlar Vah Kuşlar
Nasreddin Hoca Nerede?

Ege Erim
Kayıp Şeyler Ülkesinde

Ömer Faruk
Defne Ağacı ve Orman Kardeşliği

Tevfik Fikret
Şermin

Tuvana Gülcan
Doğasever Eda - Orman Gönüllüleri

Doğan Gündüz
Unutma Oyunu
En Sevdiğim Oyuncak
Kayıp Çocuklar Bahçesi

Nâzım Hikmet
Üç Şiir - Yaşamaya Dair, Ceviz Ağacı,
Masalların Masalı
Sarayda

Çiğdem Kaplangı
Şatoda Kahvaltı -
Şef Ejder'den Pek İğrenç Yemek Tarifleri

Yaşar Kemal
Kalemler
Beyaz Pantolon
Yeşil Kertenkele

Gürsel Korat
Kunday Gölgeler Çağı

Nezihe Meriç
Küçük Bir Kız Tanıyorum Dokuz Yaşında
Küçük Bir Kız Tanıyorum On Yaşında
Küçük Bir Kız Tanıyorum On Bir Yaşında

Yaprak Moralı
Baykuşlar Hangi Dilde Konuşur?

Şafak Okdemir
Mavi Kız - Uzun Bir Yol
Şehir Çocukları Ya da Çocukların Şehri

Feridun Oral
Guguklu Saatin Küçük Kuşu
Bu Kış Kimse Üşümeyecek
Farklı Ama Aynı
Yağmurlu Bir Gün
Meyveleri Kim Yemiş?
Babaannem Kime Benziyor?
Kırmızı Elma
Böğürtlen Cini ve Sarı Gaga

Kirpi ile Kestane
Baloncu Dede ve Üç Küçük Yaramaz
Benekli Faremi Gördünüz mü?
Pirinç Lapası ve Küçük Ejderha
Küçük Fare Bidi
Kırmızı Kanatlı Baykuş
Ay Ne Zaman Gelecek?
Feridun Oral - Sara Şahinkanat
Maymun Kral
Filiz Özdem
Umudunu Yitirmeyen Sığırcık
Muzaffer Özgüleş
Mimar Sinan Macerası
Nilay Özer
Yara Bandı Fabrikası
Üç Ejder Masalı
Yasemin Özer
Bir Gün Tavşan Kralken
Yeni Komşumuz Komo
Arslan Sayman
Şarkı Söyleyen Berber
Kırmızı Kuş
Karganın Rengi
Balaban ile Şakrak - Bir Kuş Yuvası Masalı
Piraye'nin Bir Günü
Hazerfen'in İzinde - Gökyüzünde
Engin Mavi - Açık Denizdeki Serüven
Bruni'nin Avlusu
Barba ile Rabarba
Sara Şahinkanat, Arslan Sayman
Mevsimlere Güzelleme
Sara Şahinkanat
Üç Kedi Bir Canavar
Kim Korkar Kırmızı Başlıklı Kız'dan?
Üç Kedi Bir Dilek
Yavru Ahtapot Olmak Çok Zor
Annemin Çantası
Cemal Süreya
Aritmetik İyi Kuşlar Pekiyi
Sibel Şengül
Kuytu Orman'da Neler Oluyor?
Dalgın Diş Perisi

Esin Erdem-N. Levent Tanıl
Zürafanın Benekleri
Tufan Turanlı
Ertuğrul Firkateyni'nin Öyküsü
Yalvaç Ural
Mavi Eşek ile Aylak Aslan -
Öyküsünü Arayan Hayvanlar
Mavi Eşek ve Tuzakta İki Kişi -
Bu Yarışı Kim Kazanacak?
Mavi Eşek ile Yapboz Karga -
Sesleri Karışan Hayvanlar
Elif Yemenici
Kar Masalı